Heide Heide

Jedn Tog

Gedichte im Dialekt

Heide Heide

Jedn Tog

Gedichte im Dialekt

Österreichisches
Literaturforum

.KUNST
bundeskanzleramt

Herausgeber:
Österreichisches Literaturforum
Dr. Johannes Diethart
A-3500 Krems, Althangasse 2/2

Gestaltung: Dr.Johannes Diethart
Titelgraphik: Heide Heide
Druck: Maro-Druck
D-86153 Augsburg, Riedingerstraße 24

Krems an der Donau 2002

ISBN 3-900860-18-1

Gedruckt mit Unterstützung der Kulturabteilung der niederösterreichischen Landesregierung, der Sektion für Kunstangelegenheiten im Bundeskanzleramt sowie der Kulturabteilung der Stadt Wien

Viele sehen in der Dialektliteratur, vor allem in der „neuen“ Dialektliteratur, die sich bewußt vom „Herz-Schmerz“-Gereime und der „Hoamat“-Idylle abgewendet hat, einen Sauerteig für die Lyrik an sich, auch wenn diese neue Bewegung, die mit H. C. Artmann ihren Durchbruch geschafft hat, in erster Linie der (politischen) Satire und der Gesellschaftskritik verpflichtet ist.

Aber „alte“ und „neue“ Heimatdichtung sind lediglich zwei Seiten einer Medaille, wobei — um bei der „neuen“ anzufangen — Gesellschaftspolitik und kämpferisches Aufbegehren gegen unsere in vielem unzulängliche Welt bei manchen dieser Autoren, wenn Fanatismus und Ideologie obsiegen, dichterischen Auftrag und sprachliches Können oft bei weitem übersteigen. Nur weil ich „dagegen“ bin, heißt das noch lange nicht, daß ich auch ein gutes Gedicht schreiben kann.

Die „alte“ Dialektliteratur, erwachsen aus ländlicher Überlieferung und schlechtem Deutschunterricht, ist scheinbar unpolitisch und will sich gerade durch die Beschwörung der Idylle von der zumeist als bös gedachten „Welt da draußen“ abschotten. Daß die vermeintlich einseitige „Herz-Schmerz-Idylle“ — abgesehen vom Mißbrauch durch völkisch ausgerichtete Diktaturen — die „neuen“ Dialektdichter zu einer Pauschalablehnung der „alten“ Dialektdichtung geführt hat, ist es über die Literaturgeschichte hinaus ein Phänomen, daß jetzt zwei Dialektblöcke einander ziemlich unversöhnlich gegenüberstehen, obwohl sich meines Erachtens viele Klöpfer-Gedichte gut und gern mit den meisten „Produkten“ (die Bezeichnung „Gedicht“ mutet da vielfach obsolet an) der „neuen“ Dialektdichtung messen können.

Heide Heide bedient sich des Dialekts, wobei sie bewußt nordostösterreichische Dialekte „mischt“, dieses „Urmaterials der Sprache“ zur Auslotung psychischer Vorgänge und gesellschaftspolitischer sowie politischer Unzulänglichkeiten, wozu sich ja der Dialekt in seiner Unmittelbarkeit bestens eignet.

Durch geschickt eingesetzte Selbstironie und possenhaftes Augenzwinkern versteht sie es, tierischem Ernst und oberlehrerhaftem Gehabe wirkungsvoll entgegenzusteuern sowie — und auch da hat sie den Finger am Puls der Zeit — sich auch über das derzeit grassierende „PC“-Deutsch lustig zu machen..

Johannes Diethart

Jedn Tog
foit ma zumindast a Moi
da Himmö am Schedl

Jedn Tog
foit ma zumindast a Moi
da Himmö am Schedl
daß des so is
dafia soagn scho de Leit
die a dafia soagn woin
daß i mi auskenna lean
mindastans a Moi am Tog
des is eana wichti
wei wenn ma da Himmö
ned wenigstns a Moi am Tog
am Schedl foin tat
donn kennt i jo glaum
i wa scho im Himmö
trotzdem i jo waaß
daß des ned da Foi.

Wirara Regnschiam
im Wiatshaus vagessn wordn
Wirara Regnschiam oglant
des is a Lebn
so richtig abscheulich
wennst auf wen woatst
der gsogt hot er kummt
do konns da passian
daß da am End
denga kinntst
eigentli bist a Regnschiam
und des in an Lond
wo fia olle Leit
eh dauernd d' Sunn scheint —
ununterbrochn.

Doppelbelastung

Entweda i schreib
oda i geh wos essn
wei i mi ned
entscheidn ko
häng i mittn
im Nirvana.

I vafoi sofuat
in die mütterlichen Vazweiflungsofälle
wonn i sponn
daß vo de mütterlichen Augn aus gsegn
iagand a Kind am Vahungan is
des ane braucht mea geistiges
's ondare wiedarum
wü scho vo goa nix mea wissn
's dritte frißt und wiad do niemois sott
oba olle woin mea von iagandwos
wos i eana grod ned
zua Vafügung schtön ko.

I bin in de heiladn Berufe zhaus
oba ned professionö
do a bissl lindan
duat a wengal höfn
bis i wida gschpia
jetzt wiads mi glei söwa zreißn
donn schau i mi um
noch anara Hüf
oba bei de Professionön
do wiads eascht so richtig
gfäalich.

Des soziale Sistem
is a Neavanscheuamiddl
des gibt da ka Rua
bis ned a deine blitzblonk
oba wonns donn so weid is
donn brauchst as eascht recht
deine Neavan man i
wei sonst schliaßans di kuaz.

Des Sichararaste

Sicha is do goa nix.
Sicha is des sicha
daß do goa nix sicha is
daß des sicha sicha is
des is sichara ois sicha
sonst is nix so sicha
oiso des, oiso des,
des oiso is des Sichararaste.

Meine Reizleitan san heit deamoßn übarrazt
daß s' schtod in Sopran in Diskant kreischn
und des is da Grund dafia
daß is rein musikalisch gsegn
heit übahaupt ned aushoid mit denan
meinan Sinnesoaganzuabringagflechtn.

Mei Neavanrua
de is ma wichti
d’ Leit soagn gean dafia
daß is ned dagleng
mei Neavanrua
de ma so wichti
de is genau
des wos i ned kriag
oiso gib i mas kinstli
in Foam vo Tablettn
und wei de nix nutza
reg i mi auf.

Mia rinnt so vü duachan Schedl
monchmoi rennt ma vü z' vü duachan Schedl
Wonn ma vü z' vü duachan Schedl rinnt
leg in am Kopfpoista, mein Schedl
damid ned ois duachrinnt, duach den Kopf
des wos donn drinnbleibt in mein Schedl
des is zwoa a ned grod wenig
oba des Duachirinna duach mein Schedl
des hob i wenigstans ogschtoppt.

Nehman S' bitte jetzt ausnomsweis
eanare Probleme aus meim Fensta
i hob söwa scho long
kaum mea a Aussicht auf Aussicht
oiso san S' so nett
nehman S' as aussi aus meim Fensta
damid i do wida amoi aussischaun ko.

Widerstand / Absage

Den moralischn Schädl
vo ondare Leit
ko i ma ned zabrecha
des miaßn de scho söwa tuan
wei mein brauch i zum denga.

Fokussian muaßt as
des Blickföd eirichtn
und donn schtöst as schoaf.
Wost fokussiast
des is dei Soch —
denn as Gedicht in seina Oat
deaf ned vakumma
weis iagandwo schwimmt
schwimma deafs scho
wonns schwimma ko
wonns oba schwimmt
obwois as ned ko —
oiso fokussian muaßt as
den Fokus drauf eirichtn
und donn schtöst as schoaf
des muaßt bei an Büd
ollewei mocha
außa du schittst ans —
schaust zua wias da wegschwimmt
do des ko meglichaweis
a egai sei — Haupsoch du siagst as —
donn liegt de Schäafn
oft gonz beim Betrochta
wei unschoaf schoaf
deafs ruhig sei
oba fokussian
des soitast scho kenna
des is gonz wichti
in dera Kunst.

Schtück

I mecht so gean a Schtück
in anem Schtück schreim
weis oba so is, daß ma a Schtück
Szene fia Szene
de ma nocha a no beoabeitn muaß
oiso insgsomt a Schtück
oftmois in Etappn
bleibts bei mia a Schtückweak
oda bruchschtückhoft des
und a Schtück von an Schtück
des äagat mi donn
so a Bruchschtück des razd me
so long bis is wegschmeiß.

I mecht so geane a Schtück
in anem Schtück schreim
do do renn i o und donn lauf i auf
kriag an knoirotn Schedl
voa Wut iba des
und daß des am Schtück do
goa ned guat duad
scho goa ned an Schtück
in anem Schtück
des is leida kloa, wei so geht des ned
oiso wiads nix mim Schtück
des doschted wia gossn
und si nimma riat.

Vuaschtöllungskroft
hob i ollewei ghobt
ollewei wonn wea gsogt hod
„Schtö da des vua“
hob i mas vuagschtöd
so san ma im Lauf meinas Lems
a Menge Vuaschtöllungan begegnet
nua wegn meina Kroft
mia Vuaschtöllungen vuaschtön z’ kenna
mei aigane Vuaschtöllung
hom sa se oba eha ned
vuaschtön kennan
denn wea schtöd si scho gean wos vua
wos eam ned betrifft
de Vuaschtöllungskroft
de is hoid nix afochs
wei wonnst da wos vuaschtöst
schtehts do umaranond
auframa muaßt donn
und zommrama a
und des is a Oabat
schtö da des vua.

Üba Haushoid
hob i mi nia untahoidn
Haushoid
woa afoch ka Thema fia mi
jetzd hea i di gonze Zeit
wos iban Haushoid
meine Freindinnen bastln
und putzn, schtreichn und pflegn
in eanam Haushoid, do is wos los.
I hob zwoa a söwa
mein Haushoid beschtrittn
und frira bastlt und Wände ogmoid
oba da Haushoid
woa mia nia a Thema
und jetzd hea i dauand do
Haushoidsgschichtn
und Seufzn und Schtöhnen
unta da Lost
wia schwa des is
an schenaren Kostn
a neiches Regal
de Gschiaschpümaschin
a wegn de Hondweaka
und wegnan Gschmock.
Haushoid — dea woa ka Thema fia mi
I hob mein eigricht
und nia driba gredt
jetzd hea i übaoi
schtändig vom Haushoid und

Gschichtn vom Putzn,
vom Schtreichn, vom Wände vasetzn
und wea grod an wogladn Klodeckl hod
vo Textn, Gedichtn
hea i nix mea.
I sog Gedicht —
se sogn Seufz,
Teppichmusta / Vuazimmakochln
Ua on de Wond / oda ont ondre —
Jo, de Mühn und Plogn
und olle de Oabad

de hob i jetzd a ghobt
bei den Text.

I deng
i bi
deng i
i bi?
oda deng i
daß i ned bi?
Wonn i deng
daß i ned deng
daß i bi
bi i grod
oiso bi i.

Hob i ans erfoßt
hob i wos erfoßt
wos i donn erfoßt hob
on des konn i mi klomman
de ondan klomman
on wos ondarem
wos se erfoßt hom
weis ans erfoßt hom.

Oiso —
s' is so wias is.

Wonn i mi ned aussisiag
vafoi i
des tuan zwoa de meistn Leit
in so an Foi
oba des is den ondan
meistns a wuascht
so lang de glaum
daß sa se aussisegn
und deshoib vafoin
eigandli olle
iagandwonn.

Authentisch

Autentisch muaßt sei
ollewei autentisch
mit wos oda wem
des is net di Frog
Hauptsoch autentisch
donn bist do a wer
oba wer'st do bist
kummt gonz drauf o
wost jetzt autentisch
grod doagschtöd do host.

Ollewei zipft wos
I kenn ka Wötbüd
wo ned wos zipft
ollewei zipft wos
bei olle de Büdln
ollewei
haperts
und hängts und zipfts
ollewei, ollwewei
loßt iagand wos
zum wünscha do üba

oiso i deng ma
do is es dos Beste
wei des mit di Büdln
des zipft mi jetzd o
oiso i deng ma
des is des Beste
moch da do kans
donn kos niagans zipfn.

Heit geh i Wötbüdln oschaun
do hob i z' tuan
seit i mei eiganas valoan hob
bladl i
in dem Büdabiachl
Heit geh i Wötbüdln oschaun
do hob i z' tuan
und des is a Wöza
dea reicht a ganz gwiß
fian Rest vo meim Lem
um drin z' bladln und z' badln

Nua on deim woaman Herdfeia sitzn
mi a wengal ausrostn
mi an deina Wärm gfrein
nix denga miaßn
nix tuan miaßn
so a schene Illusion
so a ausgezeichnete
oba i deng hoid
oba i tua hoid
oba i muaß hoid geh
und tuan und denga
i ko ned zruck
des geht afoch ned
Elisabeth sagt sonnenklar:
„Hinter unser Wissen
können wir nicht zurück“
oiso miaß ma
gehn und tuan und wondan
Patriachat
is ka Hoamatlond
ned im Detail
und scho goa ned o Gro.

I bin heit richtig zum Fiachtn
jetzt schau i finsta auf mei Biachawond
und de Titln auf de
Buachrickn fongan olle
zum zidan o voa mia
und a de Bladln von meim Veitschi
voam Fensta
heit bin i richtig zum Fiachtn.

I kenn do Leit
die dauand am Tisch haun miaßn
jetzd kenn is scho joarelong
oba ollewei wonn is siag
miaßns no imma dauand am Tisch haun
des mit dem dauand am Tisch haun miaßn
scheint de übahaupt ned weidazbringa
jetzt hau amoi i am Tisch
vülleicht bringt's des weida.

Wea ned seine Schlissln
seine Weakzeige
seine Gödbeasln
sein Kopf
seine Freind
seine Feind
monchmoi valegt
und aniges davo
a nimmamea auffindt
dea liagt di o
ibas wiakliche Lem
wei des is a ewiges
Suacha und Finda.

A plakatives Vahoidn is
wonnst olle de Inschriftn gschluckt host
wonnst olle de Zeitschriftn gschluckt host
wonnst olle de Biacha gschluckt host
wonnst olle de Weisheitn gschluckt host
wonnst olle de Bledheitn gschluckt host
wonnst olle de Gscheitheitn gschluckt host
und wonnst dann 's Aufschteßn host
dann, jo dann
wonnst das Aufschteßn host
dann foist auf
wegn dem plakativen Vahoidn
des deitli zagt
daß 's di grod schnackalt.

Bist gscheit?
na
bist deppat?
na
jo wos bist denn donn?
do bin i, do bin i.

I bin da wos schuidi blim
des bin i da heit no
I hob ned zruckghaut
schpontan und sofuat
des bi i da schuidi
bis zum heitign Tog
drum wundats mi ned
daß mei Wöd aus di Fuagn
I bin ma söba was schuidi do blim
I hab ned zruckghaut
schpontan und sofuat
dia hot des ghoifa
dia hot des gnutzt
oba mia söba
hots leida gschodt.
Jetzd bleibt ma nix üba
ois auszwondan
wei meine Schuidn
mei Wöd aus di Fuagn
heit is es ma kloa
do muaß i wos ändan
wei Friedn haßt a do
Gegn-Gewoit.

Sei gscheid
sei ned deppat
deppat is ollas
wos ned gscheid is
wos ned gscheid is
des waß i
also sei gscheid
glaub ma des
daß des do woa is
wos i grod sog.

Zfü
vo ana Person
ertrogn de meistn ned
zwenig von dea söbn
schtimmts a befremdlich.

Des ernsthoft bemüht
oba nix kapiat
wos ma dauand ois Gericht servian
des soi i donn a no essn
und mi dafia freindli bedonga
wei sas afoch ned begreifn
daß i wos Luftigers brauch
und ned eigeh wü
an dera kost
in oIIa Erdnschweare.

Kloa i vafoi
in d' Hüflosigkeit
wonn i schponn
daß de, de ma ongeblich höfa woin
ollewei ihre Zeichn setzn
daß *i* eana eigentli
höfa soit
daß sas eigentli ned pockn
daß sas eigentli ned kennan
daß sas
eigentli nua figurian
de ollzeit bereite Höfa-Riege
und des blitzoatig glei
zum Vuaschein kummt
wann i in meim Interesse
ned drauf eigeh
auf olle de Wünsch
de mi do geistig umflattan
und drauf beschteh
daß jetzt um *mi* geht —
donn drahn de duach
schpontan und sofuat
und des hüft ma scho goa ned
oiso vafoi i in d' Hüflosigkeit
wonn i des schponn
ollewei und scho wida
so gsegn — 's kennt a duachaus sei
i wea no katatonisch.

I muaß 's ja nua
in Bewegung setzn
wei wann i des ned dua
es oiso ned in Bewegung setz
donn setzat sa se ned
und setzt si ned
und des mocht mi
neavös.

I vafoi eam wieda
dem tiarischn Eanst
kane locht mit mia
oda gfreiat si
jo a Gedicht sogts
a guats, is jo kloa —
Und jetzt schtö da vua
wos mia heit passiat is.

Tiaf einitunkt
ollewei wieda
tiaf einitunkt
tiaf
in olle de Sorgn, Probleme
jo — gonz kloa — tiaf einitunkt
oba iagandwia
oba iagandwia
am End donn
trotzdem locha.

An schtün Wohnsinn ausbriadn
des nutzt goa nix
laut muaß a sei
ganz laut
wei wonn a schtü is
dea denst do ausbriatst
donn pfeiffn d' Leit drauf
und du pfeiffst donn a boid
kan anzign Ton mea
und scho eascht recht ned
ans vo de Liada.

Kloa bin i a Zoatal
kloa hoit i nix aus
’s gibt nur fia mi kanen Menschen
dea ma des glaubt
daß i demnächst
unta da Eadnschweare
eingeh wia
die s’ rundum olle vaschtrahn.

Des is ma z’ hoch
des is ma z’ tiaf
jetzt bin i mittendrin
und do ollewei
am Rond

Widaschtond / letztda

Sie hed jo nua
mechtn megn
oba des mechtn megn
hod ma ia friazeiti ogschofft
jetzd sitzds im Eck
sogt auf olIas nua „na“
des ko passian
wonn mas mechtn megn oschofft.

De Diskutiararei im Schedl
de zipft mi monchmoi o
do kennt i da Diskutiararei im Schedl
am liabstn den Kriag osogn
oba es is hoit so
wann i ia 'n Kriag osog
donn fongt die Debatte im Schedl
eascht so richtig o.

An Regnschiam hots ma obotn
an Regnschiam
aus iara Erbschoft
hots ma an Regnschiam obotn
oba wei i sowieso a Monopedin bin
die ian eiganan Fuaß
bei olle Unwetta
üba si söba hoit
hob i ia gsogt
den brauch i gwiß ned
den Regnschiam
und grod deshoib
wei i ia des gsogt hob
scheint fia mi jetzt d' Sunn wieda
gonz hö und gonz kloa
fia mi, de Monopedin
die ebn bei olle Unwetta
ian eiganan Fuaß
üba si söba hoit.

Wea i bi
was i ned genau
oba daß i des bi
des waaß i genau

Afoch is ned afoch afoch

An die Regierung
betrifft:
Sparvorschlag

Schpoans Iiaba
on eanaran Hormonhaushoid
wei in meim Haushoid
is nix mea
zum Eischpoan
wos sa se ned eh scho
gnumma hom

mit freundlichen Grüßen

Sparefroh

Mei Oa leih i im Moment
goa ned gean hea
des brauch i grod söwa
zum Lauschn.

Mei Heaz schticht heit
oda mei Lunganfliagl
so genau
konn i des grod
ned ausnehma
’s Knia schticht a
deshoib bin i ma gwiß
daß da Hofa mi heit
sicha ned schticht.

Zwischn de
Neurosenrudl
findt si ned
des Kernes Pudl.

I flick mi grod
wida söba zom
bin eh scho da reinste
Fleckalteppich
oba wei i an Sinn
fias Kolorit besitz
bin i wenigstens a bunta.

Vua Vazweiflung
schpinna miaßn
oda freiwülli schpinna
des gibt scho an großn Untaschiad
rei schtrukturö gsegn
von da Qualität hea
an ausgschbrochn großn.

Da Homer
soi jo ongeblich laut glocht hom
sonst wüad's
woascheinli ned
homerisches Gelächta haßn
wonn iagandwea si ohaut
und si grod gringlt
dea Buddha untam Bodhibam
der soi jo ongeblich nua glächlt hom
oiso insofean gsegn
bevoazug i — den Homer

Wos homs denn heit glesn
goa nix
und was foid eana dazua ei
a nix
oiso wos homs denn heit gmocht
goa nix
oisa entweda sans a sea gscheida Mensch
oda a sea bleda — des macht oba
a nix.

Meine Texte vaschwindn
wei d’ Post vaschwindt
Litaraduazeidschriftn seifzn
wei eana Göd no nia greicht hod
Valoge fusionian
daß nua so schebbad im Lond —

I sitz auf meim Widastondsbankl
und woat auf des Mail
aus dem Indaned
des ma vua Joan a Valega gschickt hod
wei ’s kennt jo sei
daß des bei mia okummd
wei i ka Indaned hob
und grod deshoib
was jo megli des, oda?

Selbstschuß / Vaterländisch

Deng ned voanherum
deng ned hintherum
deng da am bestn goa nix
des hom de am liabstn
de dauand vom Denga redn
damit sa se söwa
des Denga schpoan kennan.

Üba drüba
üba drüba
ollewei iagandwia
üba drüba
wei unta drüba
föd bei de Sehnsücht
de do vüle Leit
gean hegn und pflegn
oisdonn: üba drüba
üba drüba
üba drüba
des unta drüba
kennt z' gfäali wean.

I hob heit mein Motschkatog
i motschka und motschka
und motschka
wonn i heit ned mein Motschkatog hed
kennt i vülleicht produktiv sei.

Gsund muaßt sei
eisane Neavn muaßt hom
a donn, wonnst krong bist
wei wonnst de ned hosd
und vülleicht a ned gsund bist
donn vawuaschtns di afoch
so schnö host ned gschaud
donn deafst noch eanara Pfeiffn tonzn
und eanare Pfeiffn
de san recht beliabig
gsund muaßt sei
a donn wonnst krong bist
des is außaoadantli wichti do
i dem Lond
denn wonnst ned gsund bist
und kane eisanan Neavn host
donn gehds nua a Richtung
und de haßd — beago.

Sötsome Lebewesn gibts do
I kenn do ans
seit mindastans zwanzg Joa
des schaut aus wia a Mo
hot a Schtimm wia a Mo
a nockat mochts ma den Eidruck
daß a Mo sei kenntad
oba wonns iagandwo
an Auftritt hod
singts dauand
„Schena fremda Mo,
sei do liab zu mia“
oiso muaß do a Frau sei
de do so inschtändi
den schenan fremdn Mo oheut
mit dems nua im Tram glickli woa
und dea jetzt endli
zu ia kumma soitat.
Oba jetzt foid ma do no wos ei —
vülleicht is des schlicht a Woama
dea des Liadl singt
donn was eigentlich ka
sötsomes Lebewesn
sundan do a Mo
dea auf de Oat
iagandwöche Freia
olockt.

Sicherheit

I bi mei eiganas
indigenes Voik
i loß mi oafoch
ned obassa
ollewei wonns me
obassa woin
deng i ma meins
und renn schnö davo.

I bi mei eiganas
indigenes Voik
und so wiads bleim
do bi i ma gwiß.

I bi
a Sammasurium
aus olle de Sochn
de Menschn so plogn
Eignschoftn hob i vüle
Eignhaidn ebenfois
I bin
a rechts Duacharanandagschpü
do is ’s oft ned leicht
an Ausgleich zum findn
I bi
a Sammasurium
oba ned oiwei
des is mei Glick.

Es gibt so vü
des ned bessa wiad
nua, weist as bunt obüdlst.
Schena vülleicht —
a schenes Ölend.
Oba bessa
wiads vo sche
gonz sicha ned.

Psych

Psych deafst ned hom
in dem Lond
wei wonnst a Psych host
donn bist dro
sofuat wonnst as zagst
daß d' ane host
donn weafans das zua
eanare eiganan Psychn
und donn schtehst im Woid
vo olle de Kastln
und host ka Aussicht
auf Wiesn und Föda.

De Banalidät vo dem Wohnsinn in dem Lond
is oft deaoat banal
daß das Gsicht eischloft
wonn a di ohupft
und des mochts so schwieri
vom Wohnsinn do z' redn
wei dea kennt Herr Maia, Mitzi Müllla
oda genausoguad Obasenotsrod Huaba haßn
um den Dokta Holla ned zua vagessn —
und üba de, de do regian
eaübrigd si da Rest vo an meglichn Woatschotz.

Seit i an Kompjuta
schtod ana Schreibmaschin ...
hom meine Gedichte ogfanga
olle Gedi z' haßn
jetzd notia i monchmoi:
Gedi 35 woa a Locheafoig
oba Gedi 150ig
des woa zum Heun
Gedi 67 wiedarum
des woa ka Gedicht
aba Gedi zwahundat
a Meafachs in anem

Seit i an Kompjuta hob
schtod ana Schreibmaschin ...
hom meine Gedichte ogfonga
olle Gedi z' hoßn
des kummt ma entgegn
wei sea vüle kan Titl
oba Gedi dreihundat
des is grod jetzd des.

Schwoazseharin

I siag schwoaz
mei Lem long scho
sofuat wonn ma iagand wos föd
reg i mi auf
daß 's hecha ned ged
und donn siag i schwoaz
i bin a echte Schwoazseharin
oba dawischn
loß i mi ned

I vadrog im Moment
kane Hiobsbodschoftn
na, de vatrog i grod ned
davo woin oba d' Leit do
eascht recht nix wissn
in unsaram Landl
wo 's möadarisch zuageht.

Vaschümmn, vafäun und vamodan
des is des, wos di do lossn
des waaß i vo olle de
de des nua ausgnutzt
daß d' freindli woast
daß das gean ghobt host
das d' Vaschtändnis zagt host
fia eanare Wünsch
nua wonnst as ned vaschtehst
wonnst as ned gean host
wonnst jedn Tog schreist
wonnst jedn Tog tobst
donn megns di vülleicht
wei s' des leichta vaschtenga
donn hobns di endli endausglogat —
Wei 's Tobn und Raunzn
und 's Schrein jedn Tog
des is do daham in olle de Gschtoitn
und donn lossns di a vafäun und vamodan
unta Aufsicht vaschteht si
in dem lrrnheisl do
oba ans homs donn sicha
si wenigstns grett
eanan grundguadn Glaum dro
se hättn di geanghobt, denn von da Liab
dazön nua de folladn Bladln

und ganz klane Kinda
egal wöchn Oitas.

Zimpan und Zogn
Zimpan und Zogn
Meine Freindinnen kennans
des Zimpan und Zogn
des hengt si eini
des Zimpan und Zogn
da muaß i donn monchmoi
mit Gwoid drübahupfn
sonst frißt mi des auf
des Zimpan und Zogn.

Bist a autentischa Alkoholika?
Na.
Bist a autentischa Autor?
Na.
Bist a autentischa Trottl?
Na.
Bist a autentische Intelligenzbestie?
Na.
Jo, bist donn ibahaupt wea?

’s kummt ganz drauf o
wea ofrogn loßt.

Inhaltsverzeichnis

Jedn Tog 9
Wirara Regnschiam 10
Doppelbelastung 11
I vafoi sofuat 12
I bin in de heiladn Berufe zhaus 13
Des soziale Sistem 14
Des Sichararaste 15
Meine Reizleitan san heit deamoßn übarrazt 16
Mei Neavanrua 17
Mia rinnt so vü duachan Schedl 18
Nehman S' bitte jetzt ausnomsweis 19
Widerstand / Absage 20
Fokussian muaßt as 21
Schtück 22
Vuaschtöllungskroft 23
Üba Haushoid 24
Gschichtn vom Putzn 25
I deng 26
Hob i ans erfoßt 27
Wonn i mi ned aussisiag 28
Authentisch 29
Ollewei zipft wos 30
Heit geh i Wötbüdln oschaun 31
Nua on deim woaman Herdfeia sitzn 32
I bin heit richtig zum Fiachtn 33
I kenn do Leit 34
Wea ned seine Schlissln 35
A plakatives Vahoidn is 36
Bist gscheit? 37

I bin da wos schuidi blim 38
Sei gscheid 39
Zfü 40
Des ernsthoft bemüht 41
Kloa i vafoi 42
I muaß 's ja nua 43
I vafoi eam wieda 44
Tiaf einitunkt 45
An schtün Wohnsinn ausbriadn 46
Kloa bin i a Zoatal 47
Des is ma z' hoch 48
Widaschtond / letztda 49
De Diskutiararei im Schedl 50
An Regnschiam hots ma obotn 51
Wea i bi 52
Afoch is ned afoch afoch 53
An die Regierung 54
Mei Oa leih i im Moment 55
Mei Heaz schticht heit 56
Zwischn de 57
I flick mi grod 58
Vua Vazweiflung 59
Da Homer 60
Meine Texte vaschwindn 61
Selbstschuß / Vaterländisch 62
Üba drüba 63
I hob heit mein Motschkatog 64
Gsund muaßt sei 65
Sötsome Lebewesn gibts do 66
Sicherheit 67
I bi 68

Es gibt so vü 69
Psych 70
De Banalidät vo dem Wohnsinn in dem Lond 71
Seit i an Kompjuta 72
Schwoazseharin 73
I vadrog im Moment 74
Vaschümmn, vafäun und vamodan 75
Zimpan und Zogn 76
Bist a autentischa Alkoholika? 77
Die Autorin 83

Die Autorin

Geb. 1943 in Amstetten (N. Ö.), Absolventin der Graphischen Lehr- und Versuchsanstalt in Wien.

Einige Jahre Ehe (sporadische Arbeiten), dann 5 Jahre Sozialarbeit und abgebrochenes Psychologiestudium.

Seit 1977 freischaffende Autorin von Texten und Bildern. Veröffentlichungen in Literaturzeitschriften und Anthologien. Beteiligungen an Sendungen in Hörfunk und Fernsehen. Ausstellungen in Italien, Deutschland und Österreich.

Bücher und Buchprojekte:
1983: „Vom Meer“
1984: „Liebe ist ...“, Wiener Frauenverlag
1985: „Spurensuche“, Edition Dr. Christian Brandstätter
1993: „Über das Schweigen reden“, Literaturedition Niederösterreich
1996: „Wundspur“, Verlag VIDO (Prosa) u.v.a.

Ausstellungen und Ausstellungsbeteiligungen:
1979: Künstlerhaus
1980: Museum des 20ten Jhdts. (Festwochen), Objekt „Windmühlen“, Bilder aus Wien „Spuren“ Stadthaus Klagenfurt (Einzelausstellung), „Psycholäufer“ und Autorenporträts
1981: Wiener Sezession
Steirischer Herbst (Einzelausstellung)

1982.: Galerie Zentralbuchhandlung
Wiener Festwochen — Lit. Sgraffito (Textplakate mit Freiraum für Ergänzungs- bzw. Veränderungswünsche und Textpostkarten-Verschenkaktion)
1983: Galerie im Griechenbeisel (Einzelausstellung)
1985: Wiener Sezession (Kunst von Frauen)
Wiener Festwochen — Dia-Show/Multimedia „Piccolo“
1986: Internationales Kulturzentrum Wien
Blau-Gelbe Galerie, Wien (Performance „Surrounding World“)
1987: Kulturinstitut Rom: „OCCHI“ — Augen (Einzelausstellung)
1988: Wiener Sezession
Photogalerie Wien (Bilderzyklus „Stundenblätter“ und „Undine“ /Dia-Show „Vom Menschen“
Photogalerie WUK: „Literatur in Wort und Bild“
1990: „Von Mauern und anderen Ritualen“/Graph. Kabinett, N. Ö. Landesmuseum Wien u.v.a.

Mehrere Preise und Stipendien, u. a.:
1981: Künstler arbeiten in Betrieben
1983: Förderungspreis der Stadt Wien
Einmonatiges Stipendium für Literatur des BMUK (erster Romaufenthalt)
1984: Theodor Körner-Preis
1985: Staatsstipendium für Literatur
1989/90 (Winter): Romstipendium BMUK
1993: Anerkennungspreis für Literatur des Landes Niederösterreich